L'HYDROCONION,

OU

LE BAIN EN PLUIE.

L'HYDROCONION,

ou

LE BAIN EN PLUIE,

PAR RODOLPHE WALZ,

BREVETÉ DES COURS DE FRANCE, D'AUTRICHE, DE PRUSSE, DE SAXE, DE BAVIÈRE, DE WURTEMBERG, ET DE BADE.

PARIS,

IMPRIMERIE DE JULES DIDOT L'AINÉ,

RUE DU PONT-DE-LODI, N° 6.

1829.

UN MOT

SUR L'HYDROCONION,

OU

LE BAIN EN PLUIE.*

Je ne crois pas qu'il soit nécessaire de parler de l'utilité des bains en baignoires; elle est généralement reconnue; mais quelque ancien que soit leur usage, quelque avantageux sur-tout que puissent être les bains à domicile, il est certain que la manière de les prendre laisse encore beaucoup à desirer sous le rapport de l'économie, et par l'embarras et la malpropreté qui marchent par-tout à leur suite.

Le desir de diminuer ces inconvénients, et de contribuer par-là à rendre universel, si je puis m'exprimer ainsi, l'usage des bains, me fit trouver l'*hydroconion*: le public pourra juger, par l'expérience, jusqu'à quel point le but a été atteint.

Les plus célèbres médecins de l'Allemagne ont

---

* Le dépôt des appareils pour les *bains en pluie* est rue Neuve-du-Luxembourg, n° 28.

déja donné leur approbation à notre procédé ; les cours de France, d'Autriche, de Prusse, de Saxe, de Bavière, de Wurtemberg et de Bade, nous ont accordé le privilége exclusif de la confection et de la vente des appareils pour le *bain en pluie :* nous allons en présenter ici une analyse succincte.

L'appareil de l'hydroconion est fabriqué le plus souvent sous forme d'armoire, ce genre d'appareil ayant l'avantage de contenir en lui seul tous les objets nécessaires pour prendre le bain ; après s'être baigné on ferme l'appareil, toute trace de bain disparoît, et on n'a plus sous les yeux que l'aspect d'un meuble propre, élégant, qui peut tenir sa place dans l'appartement meublé avec le plus de soin. On trouvera des appareils de formes différentes, plus ou moins simplifiés, pouvant être démontés sans peine, et qu'il sera d'autant plus facile de porter en voyage qu'on les enfermera dans des caisses de très petite dimension.

Avant toute chose cet appareil, quelle qu'en soit la forme, doit être solidement assujetti ; on en ouvre ensuite la porte, abaissant les supports jusqu'à ce qu'ils touchent le sol ; tous les objets nécessaires pour prendre le bain ayant été placés dans l'appareil, on prend d'abord la cuvette sans tuyau et on la place à l'extrémité du plateau qui sert de porte, de manière à recevoir l'eau au fur et à mesure qu'elle doit être employée ; on place alors la seconde cuvette à long tuyau, destinée à recevoir le liquide préparé pour le bain, sur le couloir supérieur de l'appareil, de façon que ce long tuyau s'y trouve placé perpendiculairement; on ferme avec soin le robinet qui y est adapté, et on verse dans la cuvette le liquide qu'on a mis au degré de chaleur convenable : si l'on veut se servir à-la-fois des trois tuyaux, qui ont une forme demi-circulaire, on les adapte au grand tuyau en les fixant horizontalement de manière que les trous dont ils sont percés se trouvent en haut; un seul tuyau, ou deux, ou les trois ensemble ainsi placés, on ouvre le robinet : à l'instant jaillit sur toutes les parties du corps une eau qui, s'échappant de ces tuyaux par trois cent vingt issues, forme autant de jets sous lesquels on est complétement inondé, de quelque manière qu'on se place, couché, assis, ou debout; eau d'autant plus saine, d'autant plus agréable qu'elle est sans cesse renouvelée, et n'a pas l'inconvénient lorsqu'elle atteint le visage d'avoir lavé déja les pieds ou toute autre partie du corps.

Si l'on ne se sert que d'un tuyau, on peut se baigner une demi-heure avec seize ou dix-huit litres d'eau; et moins de temps, en employant ou deux ou trois tuyaux, à moins qu'on ne renouvelle l'eau du réservoir dont nous avons parlé plus haut.

A l'aide de cet appareil on prendra à peu de frais des bains de vin, de lait, de bouillon, ou de tout autre liquide, en raison de la petite quantité dont on a besoin; on pourra même se servir de ce liquide à plusieurs reprises, puisqu'il n'aura fait que passer légèrement sur le corps : ce quon ne sauroit dire des bains en usage jusqu'à présent.

L'eau ne rejaillit jamais hors de l'appareil, si la personne qui prend le bain fait peu de mouvements; mais dans tous les cas il est à propos de placer de chaque côté une toile cirée, par exemple, ou tout autre objet qui puisse recevoir le peu d'eau que le mouvement du corps pourroit faire se répandre.

Après avoir pris le bain on devra essuyer avec soin tous les objets dont on se sera servi, et passer la brosse dans les tuyaux qui entourent l'appareil ; ce soin est indispensable pour leur propreté comme pour conserver au meuble sa fraîcheur.

Si des bains électriques sont ordonnés, on doit placer le réservoir d'eau sur un plateau de verre assez étendu pour que ce réservoir ne touche pas à la coulisse, et prendre une chaîne de communication assez longue pour que les effets de la machine électrique ne soient pas paralysés par l'humidité.

Si l'on veut prendre des bains à différents degrés de température sur différentes parties du corps en même temps, c'est-à-dire qu'une partie du corps soit baignée à chaud tandis qu'une autre le sera à froid, on mettra un second réservoir en regard du premier, et on se servira d'un autre jeu de tuyaux disposé pour cet usage.

L'économie de ce genre de bains, quant à l'eau et au feu, est telle qu'avec six ou huit litres d'eau bouillante (qu'on mélangera d'eau froide à volonté) on peut tenir le bain à une chaleur de trente degrés de Réaumur; une température plus élevée est rarement nécessaire : il deviendra évident que la dépense de l'appareil une fois faite, toutes les autres seront réduites à leur plus simple valeur.

Voici dans quels termes les médecins de Berlin[1] ont motivé l'approbation qu'ils ont donnée à l'hydroconion.

« Parmi les avantages que présente l'invention de M. J. Schneider, nous avons particulièrement remarqué les suivants :

Économie de temps; peu d'embarras; peu de dépenses, puisque pour un bain de quinze à vingt minutes il ne faut que huit à dix litres de liquide; l'appareil, d'une forme agréable, peut tenir sa place dans toute espéce d'appartement, ce qui n'est pas le cas des baignoires ordinaires; point de vapeurs qui puissent ternir, avarier les autres meubles, et en raison de la confection de l'appareil, et en raison du peu d'eau qu'il emploie : huit ou dix litres suffisent ici, il en faut cent quatre-vingts d'après la méthode suivie jusqu'à ce jour. L'hydroconion n'occasione de malpropreté d'aucun genre, dans les appartements, comme cela a lieu avec les bains en baignoires, par le charriage de l'eau.

Sous le rapport hygiététique, on peut, à l'aide de cet appareil, administrer plusieurs sortes de

[1] Docteurs Hufeland, Rust, Kluge, Turk, Reich, Kothe, Kunde, Barez, Mangold, Staberoh, Knape.

bains qui n'ont pu jusqu'à présent être en usage : chez certains malades une partie du corps pourra être baignée à chaud tandis qu'une autre ou plusieurs autres le seront à froid ; au besoin, les malades pourront être baignés à froid et à chaud tout à-la-fois, à des intervalles plus ou moins rapprochés, ce qui laissera au médecin la faculté de disposer, pour ainsi dire, du degré de température qu'il jugera convenable, depuis zéro jusqu'à la plus forte chaleur : de là peuvent résulter, en hygiène, d'incalculables résultats.

On doit attendre de très bons effets de la friction bien dirigée sur le corps d'une pluie d'eau chaude, tiéde, ou glacée, dans les maladies rhumatismales, catarrheuses, dans le traitement des contractures, épuisements, diarrhées, etc.

Il peut être très nécessaire, très utile dans certaines maladies cutanées que l'eau soit renouvelée souvent à son passage sur le corps du malade ; que chaque goutte d'eau, exerçant sur la peau une influence mécanique, chimique, la dilate plus ou moins, et enléve rapidement par assimilation toutes les émanations du corps : influence salutaire sans doute, résultat d'un appareil bien autre que les baignoires où le corps n'éprouve le plus souvent que l'abattement produit par le poids lourd et continuel d'une eau croupissante.

Les bains dans la composition desquels il entre des ingrédients seront plus efficaces à volume égal d'eau que dans les baignoires ordinaires ; car la vertu de ces ingrédients sera quinze ou seize fois moins affoiblie par cet appareil, en raison du peu d'eau qu'il emploie : on pourra même se servir au besoin des liquides les plus chers; la petite quantité nécessaire le permettra, et leur effet n'en sera pas moins sûr, avantages qu'on ne pourroit retirer des baignoires usuelles, le prix élevé des remèdes s'y opposant, pour l'ordinaire, non moins que l'incertitude de leur action.

Cet appareil pourra être employé comme ventilateur, et rendre par-là de grands services et aux malades et aux personnes qui les soignent; et être d'un grand secours, par exemple, dans les fièvres malignes, enfin dans toutes les maladies dont le contact offriroit quelque danger.

L'idée qu'on a eue de soumettre, dans certains cas, le corps à une pluie de fluide électrique, peut être réalisée au moyen de cet appareil, et ouvrir un nouveau champ à la médecine dans le traitement de beaucoup de maladies.

Tous ces avantages contribueront, sans doute, à rendre l'usage des bains plus général. »

« Le docteur Clarus écrivoit à Leipsick le 24 juillet 1828 :

« L'usage des bains se propage de jour en jour; mais il s'en faut beaucoup qu'il soit aussi général qu'il devroit l'être pour le bien de l'humanité. Que de gens croient avoir assez fait pour être propres, et pour leur santé, quand ils se sont lavé chaque jour les mains et le visage, et qui ne pensent pas que les autres parties de leur corps exigent le même soin! Il n'est pas sans exemple que des vieillards n'aient de leur vie éprouvé le salutaire effet d'un bain, sans imaginer même qu'ils aient à se faire le moindre reproche pour une malpropreté réelle dont ils n'ont pas paru ressentir de funestes résultats. Que prouvent de pareils faits, si ce n'est que le corps s'habitue peu à peu à supporter certaines privations, et à vivre au milieu d'une atmosphère nuisible à la santé?

Cette insouciance de quelques hommes n'influera en rien sur le sentiment général produit par l'expérience : on a vu des individus, on a vu des nations entières devoir à l'usage fréquent des bains la force du corps, la beauté même, une santé robuste, et une longue vie; on voit surgir au contraire de la malpropreté, du défaut de soins, une foule de maladies hideuses, sur-tout lorsqu'on avance en âge; semés, amassés en quelque sorte pendant le cours de la vie, leurs germes se développent enfin; ces maladies prennent un caractère toujours dangereux, et parfois elles deviennent incurables.

L'ignorance, l'indolence, peuvent être la cause de ces fâcheux effets; mais ce n'est pas la seule qui fasse négliger les soins de la santé; l'embarras, la perte du temps, les dépenses qu'exige la seule préparation du bain qu'on dit à domicile par exemple, ont une grande part à cette négligence que nous déplorons. Les obstacles se multiplient dans les familles nombreuses, quelle que soit leur fortune, sur-tout quànd les bains doivent être pris avec des ingrédients toujours fort chers et toujours renouvelés : par ces raisons, tout moyen de faciliter l'usage des bains mérite, il nous semble, la plus grande considération. C'est donc avec une vive satisfaction que nous avons vu l'appareil et le procédé inventés par M. Schneider et perfectionnés par M. Walz; nous les recommandons à toute l'attention du public, et sur-tout aux médecins. Cet appareil peut être placé dans une chambre à coucher comme dans un salon; il tient peu de place, et le bain qu'on peut prendre avec lui n'exige que la vingt-cinquième ou la trentième partie du liquide employé pour les bains en usage jusqu'à présent. Sans vouloir énumérer ici tous les avantages que l'hydroconion a sur les bains en baignoires, je mentionnerai les faits suivants.

On sait combien il est nécessaire de laver souvent les enfants de tout âge; on sait aussi quels sont les embarras et les dépenses que les bains occasionent dans une famille nombreuse; au moyen de cet appareil une mère fera baigner ses enfants en quelques minutes, sans peine, et à très peu de frais : ce soin devroit être pris au moins deux fois par semaine, à l'instant qui précéde leur coucher. Avec l'hydroconion les enfants pourront être aisément habitués aux bains froids, par la facilité qu'on aura de diminuer progressivement pour eux, à l'aide de l'appareil proposé, la chaleur de l'eau : cependant l'eau absolument froide ne devra être employée que sobrement, pendant un temps plus ou moins court, et d'ailleurs jamais sans l'ordonnance d'un médecin.

Hommes et femmes pourront faire usage de ces bains avec la même facilité, pour rafraîchir le corps ou pour en rétablir les forces abattues; seulement on devra éviter leur action dans tout état d'altération, de transpiration trop prononcée, et surtout au moment où l'on sortira du lit.

Quant à la friction exercée sur le corps par une pluie d'eau plus ou moins chaude ou froide, à son influence chimique sur les émanations du corps, il est certain que l'hydroconion offre des avantages qu'on n'obtiendroit pas des bains ordinaires, dans les maladies squirrheuses, rhumatismales, catarrheuses, dans les épuisements, etc.; mais ce point ne peut être touché que généralement parlant, et l'application du remède n'être faite que sous la direction du médecin.

Un des plus grands avantages de cet appareil c'est qu'on peut employer par son moyen des substances qui par leur prix élevé n'ont pu être en usage jusqu'à ce jour : un bain de vin de Champagne, même de vin ordinaire, sembleroit une affaire de très grand luxe dans la méthode usuelle des bains; mais ici quelques bouteilles suffiront pour atteindre plus sûrement un résultat satisfaisant : même avantage pour l'emploi des eaux minérales naturelles ou composées; pour celles de Pyrmont, d'Eger, dont on ne se sert qu'à la source : le seul soin qu'il

15

y eût à prendre seroit que l'eau fût appliquée sur le corps à un degré de température bien calcŭlé.

L'idée énoncée par les médecins de Berlin, de soumettre dans certains cas l'épiderme à l'influence d'une pluie de fluide électrique, est sans doute très recommandable; mais cette opération ne deviendroit praticable, selon moi, qu'autant que le réservoir seroit parfaitement isolé, et mis en communication avec une machine électrique assez forte pour que la superficie du récipient et celle des tuyaux fussent suffisamment chargées pendant l'action : dans cet état de choses seulement une partie du fluide électrique pourroit être portée avantageusement sur le corps par le jaillissement continu de l'hydroconion.

« Les soussignés conviennent parfaitement de la grande utilité du bain en pluie :

Docteur Haase, professeur-médecin ; docteurs Joerg, Klug, Edelmann. »

www.ingramcontent.com/pod-product-compliance
Lightning Source LLC
LaVergne TN
LVHW021106050726
842519LV00005B/1845